PETIT OURS BRUN
et le téléphone

Illustrations de Danièle Bour

Huitième édition

BAYARD ÉDITIONS

Petit Ours Brun n'a pas peur du téléphone.

Petit Ours Brun
entend
un tout petit bruit.
Il dit : – Allô,
y'a quelqu'un
ou y'a personne ?

Petit Ours Brun
appuie
sur les touches :
– Tut, tut,
c'est facile pour moi,
ça !

Puis il dit
n'importe quoi :
– Allô, allô,
les pompiers
dans le tuyau ?

Petit Ours Brun
raccroche
en riant
comme un fou.

Tout à coup,
driiing...
le téléphone sonne.
Petit Ours Brun
va vite décrocher.

Il entend la voix
de Papa Ours
qui dit :
– Allô, c'est toi,
Petit Ours Brun ?

Petit Ours Brun est un héros des magazines
Popi et *Pomme d'Api*

Cette collection est dirigée par Mijo Beccaria

Les illustrations ont été réalisées par Danièle Bour

Les textes de cet album ont été écrits
par l'équipe de rédaction de *Pomme d'Api*

Bayard Éditions est une marque
du département Livre de Bayard Presse
ISBN 2 227 72503 6
Dépôt légal mars 1993 ; n° d'éditeur 5046
Loi 49956 du 16 juillet 1949 sur les publications
destinées à la jeunesse

Achevé d'imprimer en France par Aubin Imprimeur, Ligugé, Poitiers
septembre 1999